獻給 Ivy 和 Allen，
你們倆是我永遠的小比利。
——米雅

繪讀
比利喜歡花

文　　圖	米　雅
責任編輯	郭心蘭
美術編輯	黃顯喬

發 行 人	劉振強
出 版 者	三民書局股份有限公司
地　　址	臺北市復興北路 386 號 (復北門市)
	臺北市重慶南路一段 61 號 (重南門市)
電　　話	(02)25006600
網　　址	三民網路書店 https://www.sanmin.com.tw

出版日期	初版一刷 2021 年 1 月
書籍編號	S859431
I S B N	978-957-14-6991-1

比利喜歡花

米雅／文圖

三民書局

有一天，比利提著籃子，
拿著鏟子，走進花田。

看ㄎㄢˋ見ㄐㄧㄢˋ比ㄅㄧˇ利ㄌㄧˋ帶ㄉㄞˋ著ㄓㄜ˙鏟ㄔㄢˇ子ㄗ˙，

松ㄙㄨㄥ鼠ㄕㄨˇ樂ㄌㄜˋ樂ㄌㄜˋ立ㄌㄧˋ刻ㄎㄜˋ哭ㄎㄨ出ㄔㄨ來ㄌㄞˊ。

「你不行挖走這些花，我的朋友們喜歡花！」
「你的朋友為什麼喜歡花？」

「蝴蝶喜歡花，因為花蜜甜。」

「蜜蜂喜歡花，因為花蜜營養又新鮮。」

「小鳥喜歡花，因為花很香。」

「蚯ㄑㄧㄡ蚓ㄧㄣˇ喜ㄒㄧˇ歡ㄏㄨㄢ花ㄏㄨㄚ，因ㄧㄣ為ㄨㄟˋ花ㄏㄨㄚ不ㄅㄨˋ怕ㄆㄚˋ癢ㄧㄤˇ。」

「風喜歡花，
因為花不怕風用力呼呼吹。」

「雨ㄩˇ喜ㄒㄧˇ歡ㄏㄨㄢ花ㄏㄨㄚ，
因ㄧㄣ為ㄨㄟˋ花ㄏㄨㄚ是ㄕˋ世ㄕˋ上ㄕㄤˋ最ㄗㄨㄟˋ美ㄇㄟˇ的ㄉㄜ˙茶ㄔㄚˊ杯ㄅㄟ。」

「太陽喜歡花，
因為花常常對著太陽微微笑。」

「月亮喜歡花，
因為夜裡花兒總是靜悄悄。」

如果沒有花，

我ㄨㄛˇ會ㄏㄨㄟˋ大ㄉㄚˋ哭ㄎㄨ ，哇ㄨㄚ哇ㄨㄚ哇ㄨㄚˇ 。

「樂ㄌㄜˋ樂ㄌㄜˋ，你ㄋㄧˇ為ㄨㄟˋ什ㄕㄣˊ麼ㄇㄜ˙喜ㄒㄧˇ歡ㄏㄨㄢ花ㄏㄨㄚ？」
「因ㄧㄣ為ㄨㄟˋ花ㄏㄨㄚ把ㄅㄚˇ我ㄨㄛˇ和ㄏㄢˋ朋ㄆㄥˊ友ㄧㄡˇ聚ㄐㄩˋ在ㄗㄞˋ一ㄧˋ起ㄑㄧˇ啊ㄚ！」

「樂樂，我不是來採花，我是來種花！」

比_{ㄅ一ˇ}利_{ㄌ一ˋ}和_{ㄏㄜˊ}樂_{ㄌㄜˋ}樂_{ㄌㄜˋ}一_一起_{ㄑ一ˇ}把_{ㄅㄚˇ}種_{ㄓㄨㄥˇ}子_{ㄗˇ}埋_{ㄇㄞˊ}進_{ㄐ一ㄣˋ}土_{ㄊㄨˇ}裡_{ㄌ一ˇ}。

有ㄧㄡˇ一ㄧ天ㄊㄧㄢ，種ㄓㄨㄥˇ子ㄗˇ發ㄈㄚ芽ㄧㄚˊ了ㄌㄜ！

然後，
長出了花苞。

終於，
開花了！

「比利_{ㄅㄧˇ ㄌㄧˋ}，你_{ㄋㄧˇ}為_{ㄨㄟˋ}什_{ㄕˊ}麼_{ㄇㄜ˙}喜_{ㄒㄧˇ}歡_{ㄏㄨㄢ}花_{ㄏㄨㄚ}？」

「因_{ㄧㄣ}為_{ㄨㄟˋ}花_{ㄏㄨㄚ}把_{ㄅㄚˇ}我_{ㄨㄛˇ}和_{ㄏㄜˊ}朋_{ㄆㄥˊ}友_{ㄧㄡˇ}聚_{ㄐㄩˋ}在_{ㄗㄞˋ}一_ㄧ起_{ㄑㄧˇ}啊_{ㄚ˙}！」